Histoires merveilleuses à lire caché sous la couette

FLEURUS

Direction : Guillaume Arnaud
Direction éditoriale : Sarah Malherbe
Édition : Anna Guével
Conception graphique : Séverine Roze et Mathilde Dufau
Mise en pages : Mathilde Dufau
Direction de fabrication : Thierry Dubus
Fabrication : Marie Guibert

57, rue Gaston Tessier, 75166 Paris Cedex 19
Site : www.fleuruseditions.com
ISBN : 978-2-2151-7588-9
Code MDS : FS75889

« Loi n° 49-956 du 16 juillet 1949 sur les publications destinées à la jeunesse, modifiée par la loi n° 2011-525 du 17 mai 2011. »

Histoires merveilleuses à lire caché sous la couette

Texte de Fabienne Blanchut
Illustré par Benjamin Bécue

Dolly et l'arc-en-ciel

Aujourd'hui, au Pays Fantastique, la pluie s'est invitée et Dolly s'ennuie.

– Pfff... soupire la licorne en traînant les sabots.

– Tiens, tiens, je ne serais pas étonnée qu'il y ait bientôt un arc-en-ciel... remarque Maman.

– Et ? demande Dolly.
– La légende dit qu'à leur pied des trésors sont cachés.
Au même moment, un rayon de soleil perce les nuages et une coccinelle se pose délicatement sur ses naseaux. Maman licorne retient sa respiration. Sa pause finie, la demoiselle aux petits pois reprend sa flânerie.
– Attends-moi !
Dolly, le museau levé, la suit dans les hautes herbes du Champ-Charmant.

Le soleil sort timidement maintenant.
– Hé, mais ça ne va pas ! Tu as failli m'écraser.
– Pardon, s'excuse Dolly, je ne t'avais pas vu.
Il faut dire que tu n'es pas bien grand non plus...
Le lutin, qui est chatouilleux sur sa taille, soupire.
– En tout cas, tu marches sur mon goûter, râle
le drôle de gnome.

– Pour me faire pardonner, je t'emmène là où je vais ! propose la licorne. Au fait, je m'appelle Dolly...

– Moi, c'est Gabin, répond le lutin. Je ne sais pas où se trouve cet endroit, mais si mon frère Robin peut venir, alors ce sera avec plaisir !

Une fois les jumeaux installés sur son dos,
Dolly explique :
– Je suis une chercheuse de trésors et ma maman
dit qu'on en trouve au pied des arcs-en-ciel.
C'est là que je vous emmène.
Et elle s'élance au galop à travers le pré Joli-Fleuri.
Robin s'accroche à la crinière de la licorne
et Gabin enserre la taille de son frère.

Soudain, Dolly freine des quatre fers devant un jeune hérisson qui traverse sans regarder. Et comme en équitation les jumeaux ne valent pas tripette, ils passent cul par-dessus tête. Ils roulent dans l’herbe et bousculent une créature ailée qui faisait la sieste.

Elle se frotte les yeux et sourit.
– Bonjour, Dolly, je t’attendais. Je suis Ariel, la fée des arcs-en-ciel.
– C’est vous le trésor dont parlait ma maman !
s’exclame Dolly, ravie. Je vous ai trouvée.
– Que tu es aimable et adorable ! s’enthousiasme Ariel.
Comme il est de coutume, laisse-moi t’offrir un présent.
Ferme tes yeux, maintenant…
Dolly obéit tandis qu’Ariel agite sa baguette et récite :
– Par les pouvoirs colorés de l’arc-en-ciel…

Lorsque Dolly ouvre les yeux, les jumeaux appuient un miroir contre un tronc d'arbre.

– Admire-toi, licornette !

Penchée sur son reflet, Dolly n'en revient pas. Les sept couleurs magiques, le jaune, l'orange, le rouge, le vert, le bleu, le violet et l'indigo, colorent sa crinière et sa queue.

– Merci. Merci, murmure-t-elle.

– Pour Dolly, HIP HIP HIP... s'exclame la fée.

– HOURRA ! répondent les jumeaux en lançant leurs chapeaux.

Aujourd'hui, par temps gris, Dolly a appris le secret de l'arc-en-ciel : une journée mal commencée peut bien se terminer !

5

L'épouvantable panier garni

Ce soir, c'est le bal annuel des sorciers ! À minuit, l'assemblée désignera le plus grand sorcier du concours « Peur Bleue » qui récompense la plus belle grimace. Comme chaque année, et parce qu'il est un fin cuisinier, Argawen prépare le panier « dégoûtant » destiné au gagnant. Pas une minute à perdre ! Direction son laboratoire où l'attendent ses marmites et ses alambics.

– Pour cet événement, il me faut,
c'est évident, les ingrédients les plus terrifiants !
Argawen sort sa baguette et son grimoire
de recettes. Il ouvre le gros livre et dérange
une famille araignée qui avait élu domicile
entre les pages.

Gratte-gratte-gratte...
– Qu’est-ce que ce bruit ?
se demande Argawen en tendant l’oreille.

– Ah ! C'est toi Wilbur ! s'exclame Argawen en voyant son chat.
Celui-ci saute sur le plan de travail et y dépose un rat.
– Excellent ! Je vais réaliser un rat farci aux choux de Bruxelles, relevé au venin de scorpion. Voyons... Où se cache la louche de sorcière qui appartenait à ma mère ?
Sur le rebord de la fenêtre, trône une plante carnivore.
Elle attrape une mouche et la dévore.
– Crounch, crounch...
Le sorcier fait les gros yeux.
– C'était pour décorer mon plat, Adrienne, gronde Argawen.
Et on ne mange pas entre les repas, je dois te le répéter combien de fois ?

Alors que le panier commence à se remplir de saveurs qui font horreur, Argawen jette de la bave de limace dans un chaudron bouillonnant.

– Et maintenant, Wilbur, ma fameuse confiture ! Sens-moi cette odeur ! De quoi dérégler les boussoles de nos balais, affoler les araignées...

À côté du poêle, son chat se lèche les babines.

Chtong !

– ... ou rendre gaga le radar de nos amies les chauves-souris, poursuit-il, amusé.

Au bal des sorciers, la soirée bat son plein quand Argawen est appelé sur l'estrade. C'est lui qui remet la récompense au sorcier de l'année. Les lumières s'éteignent.

– Dans le panier de cette année, il y a : des crapauds en bocaux, un rat farci, de la confiture de bave de limace et des toiles d'araignées fondantes... Et le gagnant est une gagnante ! C'est Carafouille !

La petite sorcière saute de joie et se précipite pour recevoir son cadeau. Sur l'estrade, elle gratifie l'assemblée de sa plus belle grimace, juste pour prouver que ce panier, elle l'a bien mérité !

Viggo, le géant aux oiseaux

Depuis son enfance, Viggo vit dans la forêt du Bois-Joli. Il n'a pas toujours été si grand mais, à 11 ans, Viggo s'est mis à pousser, à pousser et à pousser encore sans pouvoir s'arrêter. Bientôt, où qu'il aille, il était à l'étroit.

Pour qu'il ne soit jamais embêté, car les gens n'aiment pas ceux qui sont trop différents, ses parents l'ont confié à la garde des animaux de la forêt. C'est eux qui l'ont élevé dans le respect des saisons, des espèces et de la nature.

Depuis, les années ont passé et Viggo, devenu géant, protège le Bois-Joli et ses habitants. Alors qu'il est en train d'aider une famille castor à construire un barrage sur la rivière, une volée d'étourneaux l'interrompt. Viggo, qui a appris leur langage, les écoute attentivement.

– Ne parlez pas tous à la fois, demande doucement Viggo.

Les oiseaux se sont maintenant posés sur les épaules et dans les cheveux du géant.
– Si ce que vous me dites est vrai, allons vite le délivrer ! s'exclame Viggo.
Puis il ajoute :
– Otto et Boubou, rejoignez Flam au plus vite. Je vous retrouve sans tarder et dites-lui surtout de ne pas s'inquiéter. Viggo va faire ce qu'il faut.

Sitôt arrivé, le géant s'agenouille devant Flam. Le renard est pris dans un piège, le cou serré par un collet. Devant eux deux, la queue relevée pour éloigner les éventuels braconniers, Otto et sa famille se tiennent prêts à lâcher leur puanteur en un jet bien mesuré.

À la force de ses grandes mains, Viggo libère Flam qui se frotte contre lui pour lui dire merci.

– Houhou ! prévient soudain Boubou.

Craaaac, craaaaac, font des bruits de pas.

Un chasseur s'agenouille devant le collet vide et déformé et découvre le mot laissé par Viggo.

Entouré d'yeux qui brillent, le braconnier froussard rebrousse chemin. Une fois encore, Viggo, le géant aux oiseaux, a protégé le Bois-Joli et ses amis.

Dépôt légal : avril 2021
N° d'édition : J22054-02
Achevé d'imprimer en mars 2022 en Chine.

Ce produit est composé de matériaux issus de forêts bien gérées, certifiées FSC® et d'autres sources contrôlées.

FSC
www.fsc.org
MIXTE
Papier issu de sources responsables
FSC® C115000